KB185608

쓰고 싶었던 반성문

쓰고 싶었던 반성문

이
준
희

시
집

삶창

시인의 말

어릴 적 언어장애로 방바닥에 썼던, 시인이란 꿈은 지금 걸어가는 길이 되었습니다.

하고 싶은 말만 쓰면 되리라 여겼던 시는 산으로 바다 위 뜬구름 같았습니다. 한 해 두 해 지나면서 포기하고도 싶었지만 '사는 동안에 무엇이든 해야지' 쉼 없는 어머니의 기도와 묵묵히 믿어주는 가족들의 응원에 다잡았습니다. 특히 '너는 시'라고 단언 해주셨던 詩母 고희림 시인님께 깊은 감사를 드립니다.

예상보다 더 느린 성장에도 시를 놓을 수 없었던 것은 시가 하늘에서 내려 준 동아줄 같았기 때문입니다.

장애의 현실 속에 숨 쉬고 있으면서도 늘 웃었던 나날은 거대한 파도가 올 리 없다는 안도감이었을까요? 사람들도 잘 만나고 존재에 대해 타인보다 시간만 더 걸릴 뿐, 긍정적이던 제게 어린 시절 말 하나 못 하고 좋은 건 좋다는 식의 지나온 삶의 파편들은 슬픔, 분노를 동반한 태풍이었습니다. 어쩌지 못하는 저의 원망이었고, 어쩌면 죽는 것이 모두를 위한 길이라고 여긴 시간도 있었습니다.

하지만 그 힘든 1, 2년이란 시간에 부지런히 시에 매달렸습니다. 그랬기에 제 나름대로는 시를 재정립할 수 있었습니다. 단순히 단어 나열이 아니라 어느 단어 하나가 살아왔고, 살고 있고, 살아갈 시간에 따뜻하게 안아달라는 게 시였습니다.

힘들고 고통스러웠던 시간을 스스로 밀어내지 못하는 용기는 시를 씀으로써 느리게 느리게 위로 받았습니다.

그리고 위축되었던 제 잠재력과 가능성으로 영남일보 시민기자단에 추천해주신 김호순 심리상담소 소장님(시민기자단 회장님)과, 서홍명 시민기자 전 회장님이 계셨기에 예전 저를 찾았고 꿈의 씨를 뿌릴 수 있었습니다.

감사한 분들이 너무 많습니다. 김인숙 교수님, 김미숙 유경예술단 단장님, 부족한 작문 아래 사랑으로 코멘트를 달아주시던 권기홍 선생님, 항상 엄마처럼 제 장애는 아무렇지 않게 보시는 김영재 선생님, 윤필희 선생님 등 저를 보듬어 주신 많은 분들께 감사를 드립니다.

중고교 시절 웃음소리, 걸음걸이도 비슷해 학교 아버지라고 불렸었던 양경규 선생님, 갓 졸업했을 때 '니는 니맘에 실린 짐 내려놓으면 꼭 잘 될 거라' 하시던 그 말씀이 생생합니다. 곁에 계셨더라면 아직도 꾸지람을 듣고 있었을 제자가 모진 길들을 뚫고 첫 시집을 내었습니다. 너무 그립고 존경합니다.

지난여름, 7, 8년만에 다시 뵈었을 때 이제 시집 내자고 권해주신 김채원 모D 민주시민교육공동체 사무국장님, 꿈에 그리던 첫 시집을 정성스레 출판해 주신 삶창의 황규관 시인님과 직원분들께 두 손 모읍니다.

이 밖에도 제 삶의 온기를 채워주는 모든 인연들에게 앞으로 삶으로 보답하겠습니다!

날씨보다 더 오락가락인 뇌병변이란 제 친구, 어쩜 길게 사랑하는 법을 지금 이 시간에도 배우고, 다른 몸보다 더 험하게 쓰는 몸에게 수고한다고, 감사하다고.

마지막으로 호주 유학 중인 내 동생 혁아! 느린 힝아가 미안하고 네가 생각하는 것보다 힝아가 많이 사랑한다!!

2024년 10월 1일 단골 카페 '라일락뜨락 1956'에서

松針 준희

차례

1
부

꽃비

피자마자
우수수 우수수
떨어지는 가녀린 잎들

열흘 째 피고 가는 꿈들은
왜 피었으며,

왜 나는 서성일까?

몽우리 져
한 잎 두 잎 퍼뜨릴 때마다
말로는 못 할 애

인이 박일 만큼 차오른 나는
하늘거리는 그 아래

멍하니 하루쯤

온몸의 관절 풀어줄
꽃비 맞을 테다

오월

따가운 오월 햇살

바쁜 손길들로
건너는 오늘의 광야

느리고 둔탁한 미지의 세계
그래도
어서 가자고
쓰러진 곳 바닥이라며

돌고 도는 것 같이 보여도
틈새에 핀 장미처럼

내일도 모레도!

꽃그늘

누울 때마다
다음 날 눈을 뜰지 어쩔지 겁나는 새벽

뱉을 수 없는 많은 단어가,
갈수록 느려 터지는 행동거지가,

어쩌면
머리와 가슴으로
다져 가는지 모르는 죽음

곳곳
하나둘 터지는 꽃 날

부고 받아 든 아침이다.

평수 넓혀가는 꽃 아래
꽃그늘도 춤춘다.

허수아비

가을 들녘 지키는 허수아비

쉬는 날 퍼져 있다가
그처럼 사는 난
어쩌면

아니 더 닮아가야 할 시간일지도,

누굴 만나러 갈 때
흰 백지 위 할 말을 적어야 하는 일,

뜻하지 않은 오해가 수많았던 날

나불나불 나비 떼 와서 지워진 나날
웃음으로 넘기다 보니
모빌처럼 비춰진 날들

말로 엮이는 세상

온 말들을 인 박이게 넣어

말이 다 아니라는 것을,

벚꽃

팔 벌린 가지마다
총총 총총 치고 나오는 꽃잎들

새색시 연지곤지 봄바람
아침저녁은 아직 서늘해
다음 날에도 볼 수 있을까?
지금이 마지막은 아닐까?

만남과 떠나보냄이
교차하는 벚꽃 앞에서
우리는 어떤 말들이 더 필요할까?

귀동냥

종일 비 내려도
기대한 빗소리 잘 들리지 않아
빗소리 찾아 듣는다

누워 듣는데
누가 불러도 안 들릴 거 같은 고요

차이가 다름으로 여겨지고
가보지 않은 길에 의문 품는 일
서로에게 얼마나 닦달했는가?

여기저기 얼룩들 지우고
누적 공기들 몰아내는 비

거닐어 보고 싶은 비 오는 날

모자(母子)의 꽃

서로가
남몰래 품고 있었나?

무슨 씨인지
왜 품고 있는지
어떤 꽃으로 피어날지 몰랐을 모자의 날들이
맞은 서른 한 번째의 봄날

세 들어 사는 집 마당
동백꽃처럼

계단 오르내릴 때마다
맞잡은 엄마와 내 손에
가득한
꽃씨들

바다의 일

푸른 트림하는 바다

높은 곳에서 바라보는 바다는
멀리 나아갈수록 검은 음계를 친다

한 발 한 발
온 마음, 온몸 다 해 왔지만
어디서 새 나왔는지 모를 눈물로 메워지는 바다

내 수심은 어디쯤일까?

멀리 나아가는 것
나에게서 멀어 숱한 너에게
너에게서 멀어 숱한 나에게
여기까지 진 서로의 상을 씻는 일

이른 낙화

부풀던 봄 송이들

덩달아 떠오르던 님

한숨 내쉬려는데

봄비에 지는

애달픈 나의 시간아

지난 꿈 있었다면

더 찬란했을 봄의 아가야

강

드라이브하던 곳에서
살아가는 날 달래
다시 흘러가자 노래하는 강으로
들기까지는 오래 걸렸다

무수한 이야기들이 오가고
건성과 관심 사이 줄타는 생이지만

깊숙이 들여다보면 빛나는 조약돌처럼
어머니의 기도로 여는 하루하루

강 아래 흐릿한 퇴적물들은
그 누가 아닌 내가 차곡차곡 모은 것

강을 거니는 시간,

어쩌면
모태에서 뛰놀던 그 시간으로 거슬러 오르는 건지도.

폭풍 전야

모터로 돌아다니는 도시의 밤
색동 흐르는 네온으로 빨려들고 싶지만
계단으로 막아서는 무언의 출입 금지

손길 받으며 살아야 하는 청춘에게는
약간의 유흥이라도 배신이란 검열이 드리워지고
'할래?' 누군가 물었을 때
나를 거쳐 간 사람들의 얼굴이 날 잽싸게 빛 밖으로
내몬다

살과 살 맞대며
옹알이로 서로를 받아들이는 순간
꾹 참아왔던 현생의 설움으로 어디로 튈지 모를 그것
비워내지 못한 채 도둑고양이처럼

하늘 날던 가을 기억

모르는 사람에게서
다시 살아야 할 숙제를 받았다는 기사 읽고
당장 찾아 나서고 싶은 분 있다

전동휠체어 바퀴에
떨어지는 은행들 빵빵 터트린 늦가을
다시 2년 견딜 집 구하느라
부동산이란 부동산 다 열어 젖혔다

군에 가 있던 동생과
해질 때부터 달 산을 넘을 때까지
주방 일 보시던 엄마 생각에
말 못하지만 바퀴는 쉼 없었다

뭐 팔러 온 줄 알고 몇 천 원 던지던 이
문 잘못 연 줄 알고 대뜸 아니란 이 있었지만
한 건물 건너인 부동산나라가 찌른 내 오기

지금도 꿈 같게도 내게 들어오라는 분 계셔
살 집은 구했는데
화장실 타일 3장 크기가 오버한다며
되돌아 온 서류

부동산 사장님과 밤낮으로 문자로 회의한 끝에
방 하날 안 쓰는 조건으로 서류 다시 보냈다

승인 났다는 사장님의 문자로
엄마 모시고 계약도장을 쾅쾅쾅

이사하고
부동산 지날 때마다 서툰 몸가짐이
행여 폐 될까 두드리지 못한 문

십 년이 지나도
딱 떠오르는 분

근처에 내 작은 시집 들고

찾아 나서야 할 분이다

모래성

한 톨 한 톨 달궈진 여름날 해변
누군가에게는 희망, 사랑, 정열이지만

누군가에게는 소망으로
해지는 줄 모르고 쌓은 모래성

종일 바다와 하늘 가르는 갈매기
찾아들까?

못 보고 지나치는 발에도
저 멀리 밀려올 파도에도
언제 와르르
앗아갈지 모르는 모래성이
하나씩은 있다

2

부

입관

어디 가세요? 할아버지.

노을은 꽃 피워낸 자리 기억할까
십 몇 년 전 할아버지 입관식 흔적은
봄으로 피어나 그 향기 더 진하다

시골집 갈 때마다
'느그들만 맛난 거 사묵었나?'
퉁퉁한 가족 틈 삐삐 마른 날 보며
안타까워하시던 모습

싸늘해진 몸, 메말라 있던 입술,
그날의 칼바람은 울음조차 삼켰다.

불면의 눈꺼풀이 할아버지 마지막 모습
두드리는 날,
어김없이 찾아오는 몸살

나뭇가지에 앉은 새 한 마리야

장작개비처럼 깡마른 나를 잡고

높이 멀리 날아라

노을의 손이 날 감싸안으면

붉게 붉게 피어나는 할아버지 미소

애완인

친척 모이는 설 연휴 앞

수십 년 흘러도
엄마와 나 우리 가정을
한숨 섞은 채 건네는 시선

길면 반나절인데도
마주할까 조여오는 맘

동생이 지은 내 애칭
애완인

누구나 쉽게 다가오지 못하는
몸 가진 형에게도,

서로 밥 먹이고
기저귀에, 소변 자리 치울 법한
애완견 케어처럼

다가오면 된다는
애완인

준희 엄마

어렸을 때부터
친척들 모인 자리
빼먹지 않고, 매번
아버지께서 건네시는 말

'준희 엄마가 해 주겠지요'

굳이 안 해도 될 말을
아버지는 왜 하시는 걸까?

수년 들어도
내성 안 생기는 그 말

뿌리는 어디일까?
깊게 파진 성 역할 인식에
장애는 한 가정만의 문제라는
사회의 유산

1년 365일 매 끼
먹는 둥 마는 둥 울 엄마

'준희 엄마가 해 주겠지요'

밥알들이 총알로 쌓여가는 순간

울 이모

일찍 귀농한 울 이모

먼 곳에 있으면서도
잔잔한 가을바람처럼
내 마음에 오는 사람

귀농 전
살던 아파트 이름 동백처럼
아픈 몸으로 난 첫 조카에게
이모가 달아줬던 날개

이모 집 놀러 가면
동생들 세발자전거

이모는 살 빼고,
조카 다리 힘 기르라고 돌던 아파트

김밥 도시락 싸 들고

이모 등에 업혀 간 동생들 운동회

몇십 년 전이지만
아직도 도는 내 피 같은 우화(雨華)

지난밤,
이모 죽는 꿈 꿔

울다 잠 깨고 말았네

장마

읍내서 목살 두 근 사 가면
늘 울집 남자들 입맛에 연기 가득한 마당
집 앞 논은 두 남자의 야구연습장.

집 에워싸는 산 중턱엔
방학마다 매일 업혀 간 도당이 있어
패 다 보이고 치는 민화투에
할머니의 알밤도 맛있었다

매미와 개구리들의 합창이 서서히 올라갈 때
골방으로 건너가
느린 발음에 천천히 따라오라고
속도를 줄여주시던 할머니들과 기도문을 외웠다

여기저기 부은 모기 자국에
한 달 내내 보고픈 엄마 관심 목말랐지만
대구로 올라오는 논밭 곳곳에는 홍수 터져
추석 때 오시는 할머니 맘 아프게 해 드렸다

우두둑 우우둑 오는 빗소리에
손자 좋아하는 들기름 내신다고,
참새가 흘리고 간 깨 쓸어 이물질 걸러 내는
키질 소리가 들려온다

세차게 몰려드는 비구름,
내겐 일과를 엎는 일이지만
완치의 바람 아닌 손자를 향한 끈기였다는 것을
손자는 빗소리에 귀 데인다

쓰고 싶었던 반성문

당신 옷깃
발 앞에 떨어지는 잎새처럼

나도 그 곁에 떨며 내리고 싶다.

반년 공중에서 허우적거리다
당신 눈앞에 띈 게
우연이라 마라

지난봄
연두 잎사귀들에
너의 꿈 실어 보내던
그 한 장일 수 있다.

그것들처럼,
37년 전
울음 터트리지 못하고 온 세상

애타던 모든 날
고이 안겼지만

돌아섰을 때
무너져 내리는,

부르고 싶어도
저만치 가는

엄마의 젊은 날

첫 마음

터질 듯 안 터졌던 그 이름
할머니 우리 할머니

외할머니 고희연
웃음으로 있기엔
선홍빛 죄 될까?
써 올린 첫 마음

울 엄마 청춘 중심에 나 있어
죄송하다고,

하늘 오르신 7년째 저녁
창밖 세찬 장맛비로도

날아가지도
녹아들지도 않는 첫 마음

할머니의 목소리

수원 화성에서 놀다가
어느 횡단보도에서

이미 돌아가신 할머니가
밥 먹게 어서 들어오라고 부르는 환청

생전
밥 떠먹여 주실 적마다
'아우, 잘 먹네, 아우, 잘 먹네'
넘어가실 듯한 목소리

그뿐이었기에

넓이 일정한 횡단보도처럼
당신과의 거리

애달픈 거리였으나
뛰어가고 싶었던 할머니 품

지금 몇 시죠?

꿈의 씨를 뿌리려는 내게
새싹의 때는 지났다고
쉬엄쉬엄하라는 엄마

고교 졸업 13년
구석에서 시 쓰고 사진 찍어

동아줄 시민기자로 1년 반 지난다.

막 동틀 무렵 내 나이 서른일곱

구석에서
엄마 걱정, 집 걱정으로 꽁꽁 싸여 있었던 푸른 나이

발 보며 걸어도
넘어지기 일쑤인 인생이라
최선으로 버틴 젊은 날들

엄마,

저기, 해가 기다려요!

매화 몇 송이, 툭

깨자마자 울음이 밀려드는 꿈

왜 태어났고
왜 내 딸의 아들이냐며
수십 년 절인 당신의 울분 토하신 할아버지

꿈 안팎으로
입 한번 벙긋 못 하는 것이
참 다행이다 싶은,

눈 뜨니
창 너머 갓 피어나는 매화 몇 송이처럼

가늠할 수 없는 봄바람에
져도
아프지 않을 생이여

배꽃 나무 한 그루

행인들 발에 봄꽃들 하수구로 몰리던 유월 어느 밤

무용수 진혼으로 갖은 일상 털어내시던 할머니 먼
별로 오르신다

옹알이로 할머닐 어루만지지만 피어오르는 향 태우
는 묵힌 이야기들

추적추적 비 내리는 여름 저녁,

매미 울음은 끝없다

종종걸음 동생들 눈빛은 맞아 죽을 번개로

불 지핀 왕할매 방처럼 앉을 자리 좁아진다

이모 집 뒷산 할머니 자리 있어 가득 올리는 아침 잔

앙상한 가지가지 매만진 하얀 눈처럼 봄바람에 만
리장성 너머로 수놓던 배꽃

아무도 없는 집에서 홀로 서 있다 진 배꽃 나무 한
그루

넘치는 눈물로 할머니 수의 되어 드렸다

통유리 막힌 하늘로

신년 맞이
부모님과 통영 케이블카로
오른 미륵산

매일 보는 하늘이,
봄바람 같은 겨울바람이
박하사탕 같은 혼을 내었다.

꾸역꾸역 녹 스는 몸
가엽지 않느냐고,

쉬고 있어도,
놀고 있어도,
애 살이 툭툭 스미는,

웃풍 스며드는 여행길

너 그러다가 일찍 간다,

간간이 보이시는 엄마 걱정에,

호응도, 부정도 아닌

육체 벗어나서
사람들에게 반딧불처럼
혼이 돌아다니면

한숨 내쉴 듯이,

신천 떡볶이 2인분

단단히 굳은 내 근육 조직
엄마의 20여 년 만년 통곡에
나는 집을 나서고
나의 근육 조직들이 물리치료사에게 가면
내 육체는 흐물흐물 개업 풍선이 되었다.

풍선을 이끌고
육체의 집을 빠져나왔지만 갈 데가 없다.
아직 6월초인데 내 바퀴는
화덕 속에서 달렸다.

살랑살랑 바람만 스쳐도 안이 환히 보이는 그곳에서
시금치 깻잎 지단 햄들이
서로 사랑으로 엉겨 붙은 것들로 내 허기를 채웠다.

2천 원 지불하고 도서관으로 향하는 중
내 심장 속에 불현듯 떠오르는
혁이, 하나뿐인 내 동생

2인분 떡볶이를 사 들고 학교로 갔다.

나가라는 경비의 한마디,

그건 야채 장수 음성이다.

내게 온 문자 한 통 '형 모의고사라 나가기가….'

오늘도 나 대신 땅을 딛고 걷는 동생아

유독 나의 분신만 외로이 날아오르려 하는구나

홀로 우는 어린 새가 있는 운동장에서 슬금슬금 빠져나왔다.

I M Father

춘.

시골서 국민학교 6년 개근했다던 그는
재 넘고 능선 넘어 산업화 부속으로
거래 은행에서 한 여자를 만나
나와 동생으로 사회의 기둥 올렸다
외국 유명 기업 프뢰벨에서 제작한 그네에서
매일 들어앉아 지냈다 세계동화전집으로
우리는 매일 엄마의 구연으로 내일을 연명했다
전 국민을 체득케 했던 97년 상실의 한파는
고이 모셔 둔 부모님 결혼 예물 빛 보게 했다
불혹의 입구에서 쓰러진 사내를 다시 본 것은
길 잃은 달빛이
아버지 이마에 자리 잡았을 때였다

하.

지금을 잘 모르기에 미래는 흔들리는 그네다
바람이 앉은 그네에게 미안하지만 나를 맡기고,
너저분한 흙바닥 보거나 빈 하늘 올려보거나
개구쟁이 바람의 손길을 잡지 말자
열렬히 추구했던 바람도 내 욕심의 들보 같고
무수히 불어오는 바람이 나를 위태롭게 한 것임을
이십 대 후반에 맛본 나는 후회도, 다시 돌아가고 싶은
미련도 없다 지난했던 아빠와의 일방적인 통행에서
통행료를 받았다 귀가 후 바보상자부터 여신 아버지 마음으로
들어가고 싶어 무릎 꿇어 TV를 막은 내가
엄마 손 타고 온 동생의 향기보다 남자의 향기에
취하고 싶은 나는, 아빠 마음 밀어내고 호기심 천국 아기 되어
내가 살아갈 지혜를 터득한 기간이었다

나의 지식, 아집을 그분께 자리 내어 드리자
아빠에게 받은 것은 다 알지 못하는 사랑이었다

추.

그 사랑의 시작을 알고 싶다 눈물이 생성되는 부위는
할머니의 길쭉한 애호박 같은 젖가슴 품으로 돌아가
고 싶은 풍경이 있다
무료한 일요일, 아빠의 연가로 넓은 마당이 늘 고기
굽는 연기로
깊이 자리한 시골집 흙담 너머 투구 연습하는 아빠,
동생 사이에서
훼방 놓던 엄마가 선 추수 끝난 가을 들녘
먼지 자욱했던 곳간에서 할머니가 하신 일은
잊혀 가는 얼굴들을 먹이기 위해 탈탈탈 탈곡기 돌
리셨다
돌아올 때는 마르지 않는 할머니 젖가슴에

꼬옥 안기어 돌아오는 길

동.

　산 찾아 산을 다니신 아비는 마구 헤집어 놓은 백구 그림자 같아

　겨울 지나 길어진 산 그림자 덮을 때 나는 정언공 파 성산 이 씨 33대 손 둘째 아들 새끼다

가을

가늘어지는 풀벌레 음에 기대는 가을이다
동생 장가가는 날, 유방암이라는 꿈속 엄마
아들 앞에서는 안 보이신 눈물
녹슨 수돗물처럼 나와 고였을까?
아는 누나들이 여자가 되고 애 엄마가 되는 속력에
깔려
사랑 잃은 아들을 찾은 걸까?
내 발자국 선명하게 나 있는 방, 유방이다
풀벌레처럼 우는 가을날
튀어나갈 수 없는 방에 있다.

3
부

몸살

몸살이라 해야 맞겠다.

한 발자국
다른 발자국 지나치면
중심이 흐트러지는 내 가슴에
빠져나가지 않는 그대 있으니

사랑한다 말고 좋아한다
아니 좋아하는 거 같단 말조차
죄스러워 할 수 없는 벙어리

몸살이라 해야 맞겠다.

매일 밤 수십 번
그대 그리워하는 내 존재를 지워달라
그리움 반쪽 초승에게 빌어보지만
해가 오르고 날이 흘러갈수록
밀물처럼 가슴을 치는 그대

마음대로 말할 수 없고
움직일 순 없어도 늘 밝았던 내게

건성건성 지나친
생의 물음을
되던져 주는 그대 있으니

몸살이라 해야 맞겠다.

홍시

몸 안에서 주렁주렁
열리는 감나무

걸을 수 있는 감
말할 수 있는 감

부서지는 가을 햇살에
새 키우는 감나무

살랑살랑 바람에도
떨어지지 않던 감

얼굴 묻고 싶은 옷깃의
여자에게 주지 못했던 감

길어지는 밤
애타는 감

성모당 성모님

당신 애타게 찾는 마음들
하나도 잊지 않으시고
반딧불 비추시는 성모님

풀 사이사이 숨은 빛처럼 오시어
멀리 나아가서야 보이는 당신 손길

모든 가슴 어루만지시느라
당신 가슴은 얼마나 해어졌나

두 손 포갠 당신이 아닌
손잡아 달라는 소녀 같은 당신
모든 이의 어머니, 성모님

잠시 쉬시는 당신께
누가 당신만을 위해 기도할까

외롭다는 것은

엄마 다음으로 잘 나오는 발음
외롭다는 것

가끔 치료실에서 우는 아기를 달래는 엄마들을 봐요
아니 이제는 엄마보다 여자로 부르고 싶은

본능도 훈련으로 다져져야 할 아기와
가슴 한쪽이 아이로 마르지 않을 호수가 될 여자 사
이에서
저는 길을 잃었습니다

이 층 집으로 올라가야 할 계단에서 엄마가 몸을 옆
으로 틀고 내려옵니다
한 계단,
한 계단,
조심스러운 당신의 모습에서 저는 또 길을 잃었습
니다

비

새벽녘 부슬부슬 내리는 비
사람들 마음에는 얼마만큼의 비를 가두고 있을까?
비 내리는 날이면
별일 없어도 한바탕 울고 싶다

무엇 때문에 그대는
눈물을 옥죄는가?

그대여,
그저 스쳤던 숱한 서러움이
그대 가슴에서 더 얼어버리기 전
한 번쯤 비워내자

말무덤

말하려는 내용과 도구들에 꽁꽁 묶인 채
살아가는 어느 날

겨울날 창틀로 스며드는 웃풍 같은 날
그 누구와의 통화가 그리운 날

저장된 연락처들을 오르락내리락
통화 기록엔
톡 보라고 전화한
엄마와 친한 형 몇 명

말하지 못해 밀린 그 숱한 날들과
말들에 치여 옅어지는 생각들

창가 새어드는 달처럼
그 누구에게 닿지 않더라도

당신을 내려놓는 아버지 술 한 잔처럼

날 내려놓을 수 있는 말 한 마디는?

나, 수평선, 너

너는 수평선

내 가슴에 일렁거릴 때

처음 널 본 날
인식하지 못한 나를
찾아 서성이다

셀 수 없는 날만큼
그리워하다
배포 있게 나가지 못한
날 후회하다

또 어느 틈
너의 얼굴이
해변 모래알처럼
머리 속 채워나갈 때

이 그리움의 수평선
나도 낳던 수평선에서
가라앉고 싶은 날

성애

지구 끝에서 오고 계실까?
쉬운 말이면서도 어려운 네 글자
사랑해요,
점점 속으로 기어들어 가
입구를 찾지 못하는 말

몇 겹인지 캄캄한 겨울밤
몸 뒤척일 때마다
갈비뼈들에 들쑤시는 한마디
이름 모를 당신과 나눌 첫날밤이
꿈에 비치고,

어릴 적 자주 듣던 말
갈 수 없으니 눈으로 봐

나조차 감당하기 어려운 날이 더해서
수증기 낀 욕실 거울에 쓰고 지웠다 하는
사

랑

해

요

유령 1

조금 덜 추운 겨울 오후
일 다 보고
전동휠체어 컨트롤러에
길바닥 살얼음인 내 맘 실었다

꼭꼭 숨겨서 아픈 것보다
날이 가고 또 가서 살얼음 녹듯
그냥 아무렇지 않게 내버려두려 했으나

도시락 하나 사 들고
툭하면 수업하느라 저녁 거르는
누나 학원에 다다랐다

학원 문 앞에 두고 갈까?

음식 쓰레기범 길고양이 떠올라
문 밀었다

수업 중이던 누나
길고양이 먹이로 되더라도
'문 앞에 두고 올 껄'
급히 나와 돌아오는 길

유령이 되고 싶었다
큰 몸짓이지만 조용히 사라지고 싶은

유령 2

중학교 무렵부터 남몰래 앓아 온,
무엇인지도 모른 채 끙끙대다가
한파처럼 살 파고들어 속까지 에이는 통증

통증 명 : 유령이 되고 싶다.

3, 4년 전 아는 누나 곁 유령으로 떠돌고 싶던 게
처음은 아니었음을,
몇 년 동안이나 눈물만 그렁그렁
아들들 앞에서는 푼수였던 울 어무니
수십 년 동안 아니 지금 이 시각에도
지나치는 여자들 보노라면
서늘해지며 돌아가는 나의 부정

참고 참다
첫 애는 낳았는데 하늘은 무너져내릴 듯했던
엄마가 나고 자란 수원에서 맞는 첫눈

아들의 얼고 얼어 터져버린 울음

가을이 봄에, 낙서

끝없는 가을 하늘에

누군가 지어주신 그대 이름
세 글자만 들어도 울 것 같은
저는 어떡할까요?

나른한 한숨이면
저만치 가버리는 가을과 봄

들키지 않고 싶은데
꾹 누르니까 더 튀어오르는
스프링

그대는 나의 봄

봄빛 같은 그대여
억겁의 바람에서 만난 자체도
제겐 선물일진대

썰물처럼

그대 안으로 빠지는

이 마음

미안합니다

한번 마주치고 싶은 가을이라

저는 어디로 가죠?

날 때 못 울었던 울음에다
애써 잡아 왔던 중심마저 잃어버리고 싶은 날
수원행 밤 기차를 탔다.
선인장 가시 같은
죄의식이 서려 있는,
울 엄마 자라나셨던 곳
'몸 아픈 것쯤 별거 아니여'
한 번씩 가면 이도저도 재지 않고
옆에서 손잡아 주는 유일한 삼촌 있는 외가댁

이미 날 저버린 맘을
너무 괴롭히고 있는 마음을 그저 놓고 싶었다
작은 움직임에도 신경 쓰이시는 할아버지 노여움
엄마가 못 가게 하는 것이었기에
마실 다녀오시는 틈 타
자는 삼촌도 거슬리지 않게 혼자 참기름에 밥 뚝딱
하고
내도록 잤는데도

이번에는 누더기 된 마음에까지 차올라
서둘러 기차역으로 향한다.

대화법

카톡 카톡
느린 제 말을 기다리는 당신이 애처로워
고안한 당신과의 대화법

막 쏟아질 먹구름으로
지내니
어디서부터 말 꺼내야 할까요?

톡에 답하느라
혼자 주절대는 당신을
이상하게 볼지 모르지만

그대들에게 덜 미안하고
당신도 편해
단번에 통할 대화법

당신 어디세요?
당신은 어떠세요?

카톡 지금도 울리나요?

4
부

저들의 입

꽃잎 한 장 두 장
모아
저들의 입 막고 싶다

꽃이라면 다 꽃이야

시간제로
우리 모두 국회의원!

희망 정치
입법하고 싶다

봄날 봄꽃들 다 보내고

한겨울 나무는
가볍게 있지만 외로움의 끝에서
꽃은 다시 핀다

못

이러지도 저러지도 못하는 못 하나
빼고 싶어 몸부림칠수록
더 깊이 파고드는,

어디서 어떻게 박힌 건지 짚어봐도
영 모를 못 하나

깊던 얕던 못 하나씩 가진 우린데
왜 나는 너에게 흐르지 못하는가?

한 번도 밟지 못했던 달로 간
닐 암스트롱처럼
곳곳 토막 난 신경세포들 잇게 된다면
어디로 향할까?

운명과 늘 휴전 중이면서도
너 있어 나는 제대로 살고 싶어서
거니는 우리 눈물이 고인 못

구스

대구 반월당 지하상가
손으로 빚은 도넛 파는 구스

'어서 오세요, 도넛 드셔 보세요!!'
우렁차서 한번쯤 멈칫거리게 하는
이모 목소리는
자식들 공부시키려는 피 끓는 엄마의 사랑

배고프고 엉킨 생각들
샅샅이 뒤져 글 쓰고 싶을 때
발길 가는 곳

약한 사레 소리에도
왜 그러냐?
뭐 불편하냐?며
서로가 눈치 게임 하는 곳과는 달리

작은 기침쯤

먹다가 잘못 넘어갔구나, 기도하며
입구서 줄 선 사람들 응대하는
이모가 있어 편한 집

서로가 서로에게 편할 수 있는 건
가까우면서도 먼 듯
그저 지켜봐 주는 일

내 단골
구스는 내겐 굿 카페

고인 말

말이 포크가 아닌데 나는
애인들로부터 콕 짚어서 말하라는 말
자주 들었다

마음은 늘 앞서
타이밍을 놓치고
상대 기분을 망쳐
수도 없이 들은 핀잔들

문득,
고인 말로 그토록
봄날의 환영 같은 벚꽃 우거진 길을
나의 시간 안으로 들여놓을 수 있을까?

피어오르는 꽃잎에 님이 떠올라
슬며시 전화하고,
마시지 못하는 술잔에
님 그립다고 전화할 수 없는

고인 말,

하루쯤 흘려보내고 싶은

허기

밥 먹어도 푹 꺼지는 배

'왔나?'
무심한 듯 푸근한 말

아우라 장애보다
휘이휘이
그 어떤 바람에서도
묵묵히 잘 왔다며

며칠 푹 쉬다 가라는
그리운 어디

사회적 약자

신문과 뉴스에서
자주 나오는 말

사회적 약자

사라져야 할
폭력적인 말

온 힘으로 사는 이들에게
뭉뚱그려 또
다른 낙인을 찍는 말

저마다
에메랄드 설원을
묵묵히 걸어가고 있을 뿐

304

이 숫자 앞 우리는 입을 다물고
이 숫자 앞 우리는 소리 없이 느껴야 하는
304의 수

지금도 그 수를 기억하는 이 있고
그 수에 아파하며
서로 위로하는 304 기구 유족들

눈부시게 맑은 봄빛,
기분 째지게 떠난 길에서
가만 있으라, 가만 있으라
그 하나만 믿고
잃어버린 길을

우리가 그 길을 이어 떠나는
2021년 12월 25일 메리 크리스마스

7년이란 시간은

눈물이었고, 투쟁이었으며
비상식을 상식으로 가는 항해

지겹다, 그만하라는 소리에도
더위 속, 추위 속에서도
그들은 행동하였고

지나쳤던 우리입니다.

그날 진눈깨비라도 내리면 좋겠습니다
못다 한 그들 생을
우리 같이 맞았으면 좋겠습니다

어느 날의 유서

화장실에서
너저분한 것을 바라본다
한 번 쓰고 버려질 휴지들은
얼마나 홀가분할까?

누가 보지 않는데도
늘 자세를 고치고
밥 먹으며 흘리는 밥풀
엄지로 찍어 먹기 바쁘며
한눈팔다 넘어지는 어느 날

졸고 있는
육체의 감옥 속 간수 왈

'모자라고 부족한 놈
딱 하루 널 던질 수 없겠니?'

기습전

'몇 시에 나가?'
오늘도 외출 시간을 묻고 나가시는 엄마
페이스북에 10월항쟁 도보 순례 안내가 올라왔다
1948년 10월 인민들 떠돈 곳곳으로

당장이라도 호랑이 발걸음으로 나가
어흥! 하고 싶지만
준비해줄 엄마도, 활동 보조 동생도 없는 날
준비되는 대로 나가자 언젠가는 혼자니

양치 세수하고 옷 입고 현관 잠그고 기역 자 계단 내
려와
전동휠체어에 몸 맡긴 데까지 40분.
시간이 늦었어도 가야 했다. 대구역에서 내렸다.
'북성로 어디예요?' 메모를 보였지만 제 갈 길 가는
사람들
때마침 관광안내센터의 도움 받았다

해방 이후 최초의 인민 항쟁 10월항쟁

나라 건설에 힘 보태겠다던 성조기

36년 만에 관청마다 솟은 태극기 옆에 걸린 지

1년 안 되어

배곯는 자식들이 먹을 쌀 구하러

노동자들의 세상 위해 쏟아져 나온 사람들

갓난이 두고 사라진 그분들

눈물로 생이 짓이겨진 유족들 떠나가도

우리의 10월은 계속 밝혀야 한다

언제 어디서 누가 무엇을 왜 어떻게

안내 받으면서 떠오른 고은 선생님의 한 말씀

'근대로 향하면서 우리는 먼 빛을 바라보는 힘 잃

었다'

근대를 거치면서 우리는 역사를 잃었고

우리가 갈라지는 이유도 모른 채

아직도 10월은 진행 중

지금 대한민국 인민들은 하루하루가 게릴라전

하늘 기지국

한겨울 나뭇가지처럼 벌벌 떠는 신경들
날리는 눈 속에서도 물리치료 가는 담 너머
12년 우리 마당이던 학교가 있다

걸음도 웃음소리도 엇비슷해 아버지 같은 선생님
비 오는 등굣길, 한 방울 맞으면 일찍 까까머리 된
디며
뛰어와 우선 받쳐주셨던 선생님

소풍, 운동회 다음날이면
휠체어 부대
한 명 한 명이라도 빈자리 원치 않으셨던 선생님은
나서기 좋아했던 나를 주저앉히시고
사랑의 매 드셨다

다가와 주지 않는 세상 속
길 되어보라고 밀린 진도도 덮은 잔소리

불 밝히면 녹아드는 양초처럼
한 생을, 우리의 디딤돌 되어 주시고
너무도 일찍 가신 선생님

부들부들 떨리는 나뭇가지 끝
어눌한 그 말씀
우리를 향한 옅은 미소를
가슴에 수놓을 때

잘 계시죠? 선생님

사람 人

네이버에서 '사람인'을 쳐본다
알바 구하는 곳

오래전 알았으나
중증장애인 내가 갈 자리는
찾아봐도 안 보여
잊혀진
사람 人

아버지 벌어오는 돈으로
여기저기 빌린 돈 갚고
세 식구 생활비로도 빠듯한데
언제 빚 갚고
우리 식구 명의로 된 진짜
우리 집으로 이사 가나?

젊음을
뜨거운 여름 공사판에서라도

태워버리고 싶을 만큼

그리운 사람 人

걷다

넘어질까 다칠까 부끄러움에
떼는 발 보며 걸었던 날들

낯선 거리를 헤매는 것처럼
한번 취하지 않은 자세를
되지 않는다고 막 부려 먹었던 몸으로 서른 넘으니
되었는데 안 되는 자세도 있고
치열한 근육들의 사투로 반나절은 떠는 날 있다

일주일의 하루
벌벌벌 떠는 근육들 풀어주고
머리에다 제 역할들 알아차리게 하면
모든 중심이 아래로 모여 또박또박

걷는다는 것
한 발 한 발 내딛는 것보다
다리 허벅지 엉덩이 근육들이
인도를 잇는 다리처럼 서로를 위해

버티어 서야 한다는 것을,

걷는다는 것
몸 사용법을 익히는 시간

바보에게 바보가

어제 또 울고 울었고

지금 또 울고 울어서 부어버린 눈자위

웃어버릴 얼굴의 내일이 기다려진다

올라가는 입꼬리가 맞지 않는 조각 퍼즐 같다

안면 근육을 익숙하게 내리기도 하고 툭 나오게도
한다

누군가 늘 지적해주는 입 끝 이어진 기관지 빠는 약
한 힘에 풍긴 구향

침조차 1급 뇌병변을 흘러 보인다

흘렸던 침, 흘리는 눈물은 내가 숨 쉬는 동안엔 끝낼
수 없다

매 순간 안면 근육을 퍼즐처럼 끼운다

나에 끼여 살아온 엄마의 삶 또한 퍼즐이다

알쏭달쏭한 의식의 퍼즐이 있을 내일도

나와 엄마 사이를 핏빛으로 흐를 것이다

힘내라는 말

'힘내!, 좋은 날 올 거야'

엘리베이터 같이 탄 할머니의 말
지금까지 지겹게 들은 말

머리로 올려보는
마음으로 잘 듣던 소리

힘 모아야 힘낼 건데
매시간 매분 매초
힘들여 생활하는 나는

힘 모을 힘 없다

빈 말 속 빈 마음 있다

친구

한자 가득하고
어려운 근로기준법 알기 위해
대학 친구 한 명 원했던 태일이 삼촌

비이성적인 근로 행태
고발하기 위한 게 아닌
세상에 내보이기 위한 숭고한 정신

삼촌처럼 가끔은
못난 꼴 다 보여도
드라이아이스 같은 우리의 길
살펴주는 그런 친구

장애 1급의 몸으로
후미진 데 돌고 돌아 얻은 향로
프린터 고장 난 하드웨어
제자를 아련하게 생각하시던 선생님 걱정
포근히 덮어주는

큰 소리 아닌

요리조리 말 좀 하는 친구

하나쯤은

둑

기다리는 버스 기사가
눈 마주쳤는데도 안 태워주고 가버린 날

길게 줄 서 있는 현금인출기
보는 눈 많으면 더 버벅대는 행동거지
기다렸다 다 빠지고 일 보던 날

픽, 주저앉아 울고 싶었던 날이었지만
주인인 듯, 외인인 듯, 유령처럼 사는

조금이라도 비축하고 싶은 생활 전선

초록이 물들어가는 이 가을날
숨으로 솟아오르던 끝없는 구름 연단

쳐다보고만 있어도 차오르는 물기들

밤새 바다 몇 바퀴 돌고

새벽이면 홀로 오르는 둑일까?

"인간에게 언어는 피할 수 없는 운명이다. 언어를 통해 인간은 자신과 타자를 인식하고 대화를 나누고 관계를 맺는다. 언어가 없다면 인간에게 욕망은 없을 것이고, 인간들 사이의 관계도 불가능할 것이다. 언어가 존재하기 때문에 인간에게 결핍이 발생하고, 그 결핍을 채워주는 장소로 인식되는 사회가 형성된다"고 프랑스 정신분석학자 자크 라깡은 말했다.

코로나가 기승을 부리던 2021년 시인 송재 님을 만난 것은 실로 행운이었다. 타인과 관계 맺는 방식에서 '대화가 필요해'를 당연시 여기던 인식의 틀을 깨게 만든 장본인이 바로 그였기 때문이다. 그는 마음 깊숙이 묻어 둔 기어이 하고 싶은 말을 눈으로 말했다. 미움과 슬픔과 분노를 온몸으로 표현해내는 신기한 힘이 있었다. 말로 표현되는 언어의 한계를 '짧은 외마디 비명'으로 확장시켜 버리는 놀라운 능력을 보여주기도 했다.

쓸데없이 쏟아내고 들려오는 피로한 말의 공해로부터 나를 위로해 주었다. 누구보다 묵직한 침묵의 웅변을 그만의 시어로 들려주곤 하였다. 그는 봄볕 쏟아지는 강변을 걷다가도, 쏟아지는 장대비를 만나는 순간에도, 떡볶이를 먹다가도 온 마음을 담아 '카톡!' 하면서 불쑥 시를 배달해 주었다. 화려한 미사여구를 전혀 부리지 않았지만, 마음을 비집고 침범해 오는 묘한 매력이 느껴졌다.

그는 평범한 자신의 일상생활을 압축시켜 몇몇 단어로 심장을 점령해 버리는 놀라운 재주를 갖고 있다. 그의 시 속에 한결같이 자리 잡고 있는 게 무엇이냐고 묻는다면, 가족(Family : Father and mother I love you)에 대한 사랑이라고 말하고 싶다. 가끔 주저리주저리 늘어진 문장을 부여잡고 줄여보려 안간힘을 쓰고 있는 나를 마주할 때면, 단 몇 줄의 시로 가슴을 훑어 내리게 만드는 그의 재주가 많이 부럽기만 하다.

이번에 출간되는 그의 첫 시집이 세상에 선보이기를 학수고대하며 오래 기다려 온 분들이 참 많으리라 생각한다. 진심으로 축하를 드린다. 시인 송재는 시인으로, 영남일보 시민기자로, 문화기획가 등 일 벌이는 선수이자

주변 사람들을 심장을 펄떡이게 하고 열정이 넘치도록 만드는 재주마저 갖고 있다. 그래서 그의 주변에는 그를 사랑하고 좋아하는 사람들로 늘 넘쳐난다. 그가 사랑하는 이들은 때때로 예전부터 부대끼며 살아온 한솥밥을 먹는 가족인 듯한 착각을 일으키기도 한다. 추천사를 쓰게 된 영광을 내가 누려도 되나 싶을 정도다.

참 감사한 일이다.

어느 날 느닷없이 추천사를 부탁하는 송재가 당혹스러
웠다.

그도 그럴 것이 송재의 주변에는 흔쾌히 무게감 있는
추천사를 써줄 훌륭한 인물들이 많이 있을 터인데 존재
감 없이 대구 어느 한쪽 구석에 처박혀 살아가는 나에게
추천사를 부탁하는 송재…. 극구 사양하다 송재의 수만
마디 담긴 눈동자에 결국 고개를 끄덕이고 말았다.

그렇다. 송재의 눈에는 항상 수만 마디의 단어들이 담
겨 있고 손끝으로 채 나오지 못한 말들은 눈을 통해 쏟아
낸다. 그렇게 쏟아내는 사연들은 또 얼마나 많이 허공에
흩어졌을까. 목적지에 닿지 못하고 허공 속에 사라지던
송재의 주옥같은 사연들이 시집이 되어 허공이 아닌 사
람들의 가슴에 새겨진다니 참으로 다행스러운 일로 여겨

진다.

　추천사를 부탁하며 송재가 보내준 시들을 한 편 또 한 편 읽어 내려가며 자꾸만 그의 눈빛이 떠올랐다. 호기심 가득한 익살스러운 눈빛…. 그리고 헤어질 때 못 다한 말에 아쉬움 가득 찬 눈빛…. 미안함…. 고마움…. 서러움과 사랑 등 다양한 눈빛이 녹아 있는 송재의 시를 읽는…. 아니 들여다본다.

　작고 느리지만 끈질기게 자신의 삶을 만들어내는 한 청년의 주옥같은 삶을 들여다보며 의미를 잃어버리고 표류하는 우리네 삶을 다시 한번 돌아보는 소중한 시간이 되었다.

　뜨거운 청년 정신과 끈질긴 근성으로 세상에 자기 자신을 내어 보이는 송재의 용기에 박수를 보내며 순간의 돌풍에 의미를 잃어버려 표류하던 나의 삶을 돌아볼 기회를 제공해 준 송재에게 감사와 축하를 보내며 추천사를 갈음한다.

쓰고 싶었던 반성문

초판 1쇄 발행 | 2024년 10월 21일

지은이 | 이준희
펴낸이 | 황규관

펴낸곳 | (주)삶창
출판등록 | 2010년 11월 30일 제2010-000168호
주소 | 04149 서울시 마포구 대흥로 84-6, 302호
전화 | 02-848-3097
팩스 | 02-848-3094

ⓒ이준희, 2024
ISBN 978-89-6655-182-8 03810

* 이 책의 내용의 전부 또는 일부를 재사용하려면
  반드시 지은이와 삶창 양측의 동의를 받아야 합니다.
* 책값은 뒤표지에 표시되어 있습니다.

삶창시선